Alfred Lichtwark

Blumenkultus
Wilde Blumen

I0661229

SEVERUS

Lichtwark, Alfred: Blumenkultus. Wilde Blumen
Hamburg, SEVERUS Verlag 2013
Nachdruck der Originalausgabe von 1897

ISBN: 978-3-86347-697-7
Druck: SEVERUS Verlag, Hamburg, 2013

Der SEVERUS Verlag ist ein Imprint der Diplomica
Verlag GmbH.

**Bibliografische Information der Deutschen
Nationalbibliothek:**
Die Deutsche Nationalbibliothek verzeichnet diese
Publikation in der Deutschen Nationalbibliografie;
detaillierte bibliografische Daten sind im Internet über
http://dnb.d-nb.de abrufbar.

ALFRED LICHTWARK

*

BLUMENKULTUS

WILDE BLUMEN

DER PRÄSIDENTIN

GESELLSCHAFT HAMBURGER KUNSTFREUNDE

FRAU MARIE ZACHARIAS

GEWIDMET

INHALT

VORWORT

Eine neue·Leidenschaft für die Blume ist im
Erwachen.

Man hat zwar in der vergangenen Generation
Blumen gepflegt und Blumenschmuck verwendet,
aber nicht entfernt mit dem tiefen künstlerischen
Interesse wie in der Kultur des siebzehnten und
achtzehnten Jahrhunderts. Wo sind in der bildenden
Kunst der Mitte unseres Jahrhunderts die Blumenstücke, die sich denen der Holländer, Franzosen
und unseres Hamburgischen Blumenmalers Tamm
an Kenntnis und Gefühl vergleichen liessen? Wo
war im kleinen Stadtgarten mit seinen Rasen und
Büschen die Blume geblieben? Und wie durchaus
unkünstlerisch war der Blumenschmuck im Zimmer
und die Leistung der Straussbinderei.

Der Umschwung hat sich sehr schnell voll-
zogen, aber noch ist viel zu thun, um das neu-
erwachte künstlerische Interesse für die Blume in
den Dienst der ästhetischen Bildung zu stellen.

In den Vorlesungen an der Kunsthalle und in
den Versammlungen der Gesellschaft Hamburgischer

Kunstfreunde habe ich die einschlagenden Fragen wiederholt zu behandeln versucht. Die vorliegende Studie enthält, wie die früher erschienene „Makartbouquet und Blumenstrauss" einige Ergebnisse dieser Besprechungen. „Makartbouquet und Blumenstrauss" sollte ein Bild der Situation entwerfen; die Studie „Wilde Blumen" den Hintergrund vertiefen, die kurzen Aufsätze zum Blumenkultus allerlei Wünsche darlegen und in grossen Zügen den äusseren Apparat überblicken, dessen es für die Behandlung des Blumenschmuckes auf dem Tisch und am Fenster bedarf. Beide Aufsätze sind im Jahrbuch der Gesellschaft Hamburgischer Kunstfreunde (als Manuskript gedruckt) zuerst erschienen.

Die bewusste Freude an der ästhetischen Schönheit der Blume bildet einen der wichtigsten Ausgangspunkte der künstlerischen Erziehung des Individuums.

Wer sich gewöhnt hat, nicht nur mit dem überkommenen mehr sentimentalen Interesse zu sehen, sondern die Erscheinung der Blume jedesmal mit den frischen Augen des Entdeckers in sich aufzunehmen, der wird empfinden, wie die Kraft des Urteils über alles, was in Kunst und Kunstgewerbe Farbe heisst, in ihm erstarkt.

A. L.

WILDE BLUMEN

Bis auf den heutigen Tag bin ich mir nicht klar darüber, ob die ästhetische Befähigung des menschlichen Auges mehr den Insekten zu danken ist oder mehr den Vögeln. Es kommt auf die Stimmung an, wohin ich mich neige.

Dem Menschen selber traue ich nicht viel ur-angeborene Begabung zu: er hat eine gar zu talentlose Verwandtschaft.

Denn die Wesen, die ihm nach ihrem Körper-bau am nächsten stehen, sind ästhetisch sehr schwach begabt. Kein Säugetier ist nennenswert musikalisch. Ihre Stimmen sind entsetzlich roh und unkultiviert. Ross und Kamel werden von unsern Schlacht- und Marschweisen aufgestachelt, aber wir haben von ihnen noch kein Urteil ge-hört, ob sie wirklich von der Musik gepackt werden, oder ob ihnen nicht blos der Rhythmus durch die Glieder fährt, deren Bewegung das natürliche Gefühl dafür in ihrer Seele erzeugt hat. Das Auge der Säugetiere ist vielleicht noch

schwächer veranlagt als ihr Ohr. In ihrer Klei-
dung herrscht eine erschreckende Monotonie: Weiss
und Schwarz bilden die Pole, deren Verbindungen
direkt über das Grau oder in etwas weiterem Bogen
über das Braun führen. Kein Blau, kein Grün,
kein eigentliches Rot oder Gelb und keine Spur
von dem metallischen Hauch, der die Farben auf
dem Gefieder der Vögel, dem Panzer der Insekten,
den Flügeln der Schmetterlinge zu satter Glut
steigert. Der Mandrill mit seinen scheusslichen
blauen Flecken, die aber Haut, nicht Haar sind,
und der Maulwurf vom Kap mit metallischem Lüster
im Haarkleid, bilden Ausnahmen. Bei letzterem
handelt es sich wohl nur um ein Versehen der
Natur.

Dass bei den Vögeln und Insekten die ästhetische Bildung des Auges und Ohres so himmel-
hoch Alles überragt, was ihre nächsten Verwandten
aufzuweisen haben, rührt im letzten Grunde von
ihrem Flugvermögen her, das an die edlen Sinne
die stärksten Anforderungen stellt: Sie müssen mit
dem Gesicht und Gehör weite Räume beherrschen.
Auch hier ist Kraft die Vorbedingung der ästhetischen Funktion. Die grosse Beweglichkeit macht
die Vögel und Insekten von dem Zwang der Schutz-
farbe in hohem Grade unabhängig und erlaubt ihnen
zu gleicher Zeit den Luxus eines künstlerischen
Gewandes. Bei den Säugetieren, deren Gesicht
und Gehör durch die Coulissen der Pflanzen und
der Erhebung des Bodens eingeengt sind, wurde

der Geruch als Fernsinn entwickelt, und ihre ge-
ringere Beweglichkeit zwang sie, ihr Kleid dem
Aufenthaltsort anzupassen. Und doch ist dieses
entwickelte Geruchsvermögen der Säugetiere ohne
ästhetische Funktion geblieben. Der Geruch aller
Säugetiere ist uns unangenehm oder zuwider,
Moschus und Bisam allein ausgenommen. Von
den Vögeln gilt ähnliches.

Erst bei den Insekten finden wir den Geruchs-
sinn ästhetisch kultiviert. Die Blume, die für das
Insekt da ist, beweist es. Der Mensch ist Schüler
und Erbe des Insekts. Es würde ihm vielleicht
heute noch Fähigkeit und Gewohnheit, sich an
Wohlgerüchen zu erfreuen, gänzlich abgehen, wenn
das Insekt ihm nicht vorgearbeitet hätte. Wie ihm
ja mit der Blume auch die Materie zur Erzeugung
wohlriechender Essenzen bis heute, wo die Chemie
aushelfen kann, gefehlt haben würde.

Das staatenbildende, Ingenieurarbeit leistende,
Kriegsheer, Sklaven und Haustiere haltende, Vor-
räte sammelnde, ackerbauende Insekt, das Musik
macht und mit der feinsten Empfindung für Farbe
begabt ist·, steht als eine Art Menschentier unter
seinen Verwandten und war vielleicht einmal das
intelligenteste Wesen auf der Erde. Kein Zweifel,
dass der Vogel von Haus aus dem Säugetier geistig
überlegen ist. Aus dem Insekt ist das Höchste
nicht geworden, weil es durch seinen Organismus
beengt war, aus dem Vogel nicht, weil ihm der
Zwang der Not fehlte. Trotz seiner Intelligenz

und Gesellschaft ist er zu gesellschaftlicher Organi-
sation im Sinne der Ameisen nicht gekommen.

Wie weit aber das ästhetische Vermögen des
Vogels entwickelt ist, beweisen der Rabe, der sich
für blanke Objekte interessiert, und der Laubenvogel,
der sich Museen baut für seine Sammlungen bunter
und blanker Dinge, die er von Weit und Breit
zusammenschleppt. Vom Hund, von der Katze, die
doch schon unsere Intelligenz reflektieren, hat man
nie gehört, dass sie silberne Löffel stehlen.

Und was für Opfer bringt der Vogel seinem
ästhetischen Bedürfnis! Pfau und Paradiesvögel sind
wie Damen, die bei allem Wind und Wetter und
bei allen Beschäftigungen seidene Schleppkleider
tragen.

Wie denn überhaupt die beiden wichtigsten
Motive der menschlichen Kleiderpracht, Krone und
Schleppe, die noch heute ein Symbol der höchsten
Macht bilden, von den Vögeln schon vorweg ge-
nommen sind.

Ich erinnere mich noch deutlich des Tages,
wo ich als Kind zuerst einen Pfau erblickte. Ein
Märchenschauer überrieselte mich, als ich ehr-
furchtsvoll das stolze Wesen mit der Krone auf
dem Haupt und dem wundervollen Schleppkleide
vorüberschreiten sah.

✳

Ob eine vergleichende Untersuchung über die Entwickelung des Farbensinnes bei den niedrigsten Menschenrassen existiert, vermag ich nicht zu sagen. Fachleute verneinen es. Über die ersten Spuren der Farbenempfindung beim Kinde sind Beobachtungen gemacht, aber, so viel mir bekannt, erlauben sie noch keinen Schluss auf den Moment, wo die ästhetische Freude an der Farbe beim Individuum einsetzt.

Wichtig wäre es, zu erfahren, wie weit sich die Empfindung für Farbe beim Menschen von innen, von der Intelligenz heraus entwickelt, und wie weit der Anblick farbiger Objekte sie angeregt hat.

Kaum zweifelhaft erscheint es jedoch, welche Dinge es waren, deren farbiger Reiz am frühesten empfunden wurde: es war das bunte Gefieder des Vogels, der interessantesten Jagdbeute. Von der Feder, die als Schmuckstück einzeln hinters Ohr oder ins Haar gesteckt wurde, bis zu dem Staatsmantel Montezumas und dem modischen Frauenputz hat das Kleid des Vogels als wertvoller Schmuck stets in Geltung gestanden. Es ist kaum zu viel behauptet, dass die ästhetische Bildung des Menschenauges mit der Übernahme des künstlerischen Kapitals, das die Vogelwelt geschaffen, einsetzt.

Dann kam ein vielleicht noch kräftigerer Strom künstlerischer Anregung — wohl etwas später — aus dem fernabliegenden Reich der Insekten. Aber nicht durch unmittelbaren Anschluss, denn das

winzige Insekt interessiert den Menschen nicht entfernt wie der Vogel — die reichen Schmuckstücke,
die sich die Indianer Brasiliens aus den prächtigen
Flügeldecken grosser Käfer herstellen, sind eine
örtlich bedingte Ausnahme — sondern auf dem
Umweg über die Blume, die durch das Insekt geworden ist.

Wann mag das menschliche Auge zuerst mit
Wohlgefallen auf der Blume geruht haben?

Jahrtausende werden verstrichen sein, bis der
Mensch zur Befriedigung ästhetischen Verlangens
blühende Pflanzen angebaut hat, und noch längere
Zeiträume, bis er sich bemühte, in seinen Prunk-
stoffen ihre Farbe nachzuahmen. Das Gleichnis
von der Lilie auf dem Felde, die köstlicher an-
gezogen steht als Salomo in seiner Herrlichkeit, ist
nicht nur ein wundervolles Bild, sondern auch eine
Pforte der Erkenntnis. Der Orientale hatte in
seinem wurzelhaften Farbengefühl das Bewusstsein,
dass der Glanz seiner Prunkstoffe unmittelbar aus
dem Wettstreit mit der Blume entsprungen ist.

Sobald der Mensch anfing, die Blume zu pflanzen
und zu pflegen, um ihrer sicher zu sein und sie
nahe zu haben, begann die Epoche der Züchtung
neuer Varietäten. Neben der vorhandenen Natur
schuf sich der Mensch eine zweite, die seinen

gesteigerten Bedürfnissen entsprach. Er nahm die Arbeit auf, wo das Insekt sie aufgegeben hatte: jetzt eigentlich erst trat er sein Erbe an.

Diese Arbeit währt nun schon seit Jahrtausenden. Je nach der Kultur und der Begabung der Völker, die ihr oblagen, hat sie die verschiedenartigsten Ergebnisse erzielt, und im Lauf der Geschichte ist sie dem Auf und Ab der Völkerschicksale gefolgt. Stets war die gezüchtete Blume ein Gradmesser edlerer Gesittung. Am weitesten brachten es in Europa, in Mittel- und Ostasien die Bewohner der gemässigten Zone, die Holländer, Engländer und Franzosen, die Perser, Chinesen und Japaner. In den Tropen hat die Natur so reiche und üppige Formen erzeugt, dass das Bedürfnis darüber nicht hinausging.

Wie die wilden Blumen von dem farbenempfindlichen Auge der Insekten abhängig waren, so sind es die des Gartens von dem Grade der Kultur, die das Auge ihrer Pfleger erlangt hat. Je feiner organisiert, je höher es ästhetisch erzogen, desto köstlicher die Blume, die es zu seinem Ergötzen zu züchten. weiss.

Es ist nicht schwer, die Schwankungen künstlerischen Vermögens und künstlerischer Bedürfnisse von Volk zu Volk, von Geschlecht zu Geschlecht festzustellen. Die Blumen von Berlin sind nicht die Blumen von Paris, und die Blumen von 1860 sind nicht die von 1890. Ja, innerhalb des Gebiets jedes einzelnen Volkes und sogar innerhalb des Weichbildes jeder grösseren Stadt lassen sich tiefgehende Unterschiede beobachten.

Dass im Zentrum, wo die wohlhabende Gesell-schaft Einkäufe macht, die Luxusblumen der Saison geführt werden, die Orchideen, Euphorbien, Treib-hausflieder, Chrysanthemum, die in den weniger wohlhabenden Vierteln keine Abnehmer finden, ist zwar nicht weiter verwunderlich. Aber auffallend ist der Unterschied bei den Hyacinthen, Cinerarien und ähnlichen weniger kostbaren Blumen, die in allen Ständen beliebt sind. Namentlich bei der Cinerarie, der eine besondere Neigung und Fähig-keit innewohnt, ihr Farbenkleid zu ändern, die aber nicht so viel Talent hat wie das Chrysanthemum, das sich, wie es scheint, gegen die Anzüchtung harter und kreischender Töne energisch und mit Erfolg wehrt. Im Zentrum der Stadt stehen die Cinerarien in zarten, geschmackvollen Tönen vor den Schaufenstern, in den entlegeneren Quartieren tragen sie harte, schwere, beissende Farben, genau wie Toiletten der Frauen verschieden sind, die sie geschenkt bekommen sollen, und aus demselben Grunde.

Wer einmal Gelegenheit hat, die Blumenläden in den verschiedenen deutschen Städten zu ver-gleichen, der wird zu ähnlichen Ergebnissen kommen.

Eine Künstlerstadt wie München oder Düsseldorf,
wo es viele Menschen mit erzogenem Geschmack
giebt, aber wo Künstler und Künstlerinnen bei
grossem Bedürfnis nach Blumenschmuck durchweg
keine grossen Mittel zur Befriedigung ihrer Leiden-
schaft aufwenden können, ist das Blumenmaterial
nicht kostbar, aber seit einigen Jahren bemühen
sich die Züchter, für ihre ständigen Kunden die
prächtigsten der dekorativen Blumen wie Mohn,
Gladiolus, Scabiose in Exemplaren von wohlthuen-
der Farbenpracht zu erzielen. In den reichen
Städten wie Frankfurt, Berlin, Hamburg wird das
kostbare Material der Orchideen und seltenen Rosen
bevorzugt; die Mittelstädte pflegen ungefähr auf
dem Niveau der Vorstadtkultur der Grossstädte zu
stehen. Nichts Schauderhafteres als der bunte,
schrille Effekt der Blumenläden in — doch ich
will lieber keine Namen nennen. Wieder anders
sieht es in den Kleinstädten aus. So weit es Blumenläden giebt und auf den Märkten herrschen die
alten Pastors- und Bauernblumen. Hier giebt es
wieder eine ruhige, wohlthuende, wenn auch etwas
schwere Harmonie, ein Stück Kultur, das aus
alten Zeiten herübergerettet ist. Nur wo die Cinerarie schon zur Vorherrschaft gelangt ist, steht es
schlimm.

Und wer den Stand der Blumenkultur in Deutschland, Belgien, Frankreich und England vergleichend
studieren kann, der findet dieselbe Beobachtung aufs
neue bestätigt, nur dass die Unterschiede hie und da

ins Gigantische wachsen. Auf den ersten Blick würde der Laie die Ergebnisse der Züchtungs-methoden in manchen Fällen kaum für eine und dieselbe Art halten. Das Kolorit der Blumen giebt einen sehr genauen Gradmesser für die Kultur der Farbenempfindung ab.

Es ist sehr leicht einzusehen, wie das zusammen-hängt.

Auch bei den Blumen wechselt die Liebhaberei von Generation zu Generation. Zur Zeit ist das Chrysanthemum die Lieblingsblume.

In Deutschland, in Belgien, Frankreich und namentlich in England züchten die Blumenliebhaber, die sich den Luxus der Treibhäuser gestatten, diese, wenn man so sagen darf, koloristisch besonders talentierte Blume, die ihre Begabung im langjährigen Kontakt mit dem fein gebildeten Volk der Japaner entwickelt hat. Alljährlich stellen die Liebhaber und die grossen Blumenzüchter ihre neuen Resultate gemeinsam aus, und auf dieser Blumenschau richten dann erzogene Augen. Wo die Augen am schwersten zu befriedigen sind, wie in Frankreich, England und Belgien, müssen die Liebhaber und Blumen-züchter, wenn sie Erfolg haben wollen, sehr grosse Anstrengungen machen und können nur dann darauf rechnen, die unsägliche Mühe und die grossen Kosten nicht umsonst aufgewandt zu haben, wenn sie sicher sind, dass sie ein gutes und gebildetes Auge haben. Man darf dort von Chrysanthemum-augen sprechen, wie in Hamburg von Weinzungen

und Tabakzungen. Volkswirtschaftlich ist das
durchaus nichts Unerhebliches. Die Herrschaft der
belgischen Chrysanthemumaugen reicht meiner Er-
fahrung nach bis Dresden und vielleicht darüber
hinaus. Wer in Dresden Freude an vornehmen
Farbentönen hat, kauft belgische Chrysanthemum,
die er viel teurer zu zahlen hat als die gewöhn-
licheren deutschen.

Diese Modeblumen wechseln ständig die Farben
und richten sich darin unmittelbar nach dem Geschmack, der in der Frauentoilette herrscht. Wenn
fraise écrasée beliebt ist, trägt das Chrysanthemum
diese Farbe so gut wie die Bankiersfrau. Und
ebenso wird jede andere neue Nuance, die von
den massgebenden Augen in Lyon oder London
oder Paris der Welt als schön und begehrenswert
hingestellt wird, von den Modeblumen zurück-
gestrahlt. Doch geht es wie bei der Toilette, die
in voller Frische und Originalität nur in den Zentren
der Produktion auftritt, wo die Bilder gemalt werden, aus deren koloristischen Gedanken sie im
letzten Grunde herstammt, und die in Farbe und
Form unverständlich und reizlos wird, wenn die
Schneiderin irgend einer entlegenen Provinzialstadt
sie nachmacht.

Deshalb kann die Berührung mit Modeblumen
nur dem erzogenen Auge empfohlen werden und

nur dem Grossstädter, der das Beste zur Auswahl hat. Für das erst noch zu erziehende Auge sind die wilden Blumen viel wertvoller.

Sie sollten deshalb eine weit eingehendere Beachtung erfahren als bisher. An ihnen erwacht die Freude an der Farbe zuerst zum Bewusstsein. Denn sie geben sich nicht so leicht wie die Modeblumen, sie wollen umworben und studiert sein.

Und sie vertragen die Vertiefung in ihre Reize besser als die meisten Modeblumen, denn sie verbinden mit der Schönheit der Farbe die Grazie der Form, während die Modeblumen, die auf Massigkeit gezüchtet werden, nur zu oft nichts anderes mehr sind als ein grosser Farbenfleck.

Es wird nicht ausbleiben, dass in den kommenden Jahren der Blumenhandel sich auch der Schätze der Felder, Wiesen und Waldraine bemächtigt. Aber die wahre Freude erlangt doch erst der, der die wilden Blumen selbständig in der Natur beobachtet und sie mit eigenen Händen einheimst. Ihm erst wird die tausendfache Schönheit der bescheidenen Geschöpfe aufgehen, und in seiner ästhetischen Erziehung werden sie dieselbe Rolle spielen wie einst in der Entwickelung der Menschheit.

Die koloristische Erziehung ist aber für uns Deutsche in diesem Moment eine der wichtigsten und notwendigsten Aufgaben. Denn es gilt, eine nationale Schwäche zu besiegen, die uns von unseren koloristisch energischer entwickelten Nachbarn abhängig macht. Gehen wir von der kultivierten

Blume aus, so bleiben wir auf lange im Banne
der Engländer, Franzosen und Belgier, die die
Moden machen.

Wir sollten deshalb auch wünschen, dass unsere
Künstler und Künstlerinnen, die Blumenstücke malen,
sich mehr als bisher mit den wilden Blumen beschäftigen. Was dem modernen Blumenstücke oft
fehlt, der Reiz der Intimität, lässt sich an den
Modeblumen, die meist ein Element Brutalität enthalten, schwerlich erwerben. Die wilden Blumen
bieten obendrein noch einen unendlichen Vorteil,
sie sind eigentlich noch nicht gemalt worden, wenigstens nicht vom Standpunkt unserer modernen Empfindung für Farbe.

BLUMENKULTUS

BLUMEN AM FENSTER

In den Fischer- und Schifferdörfern, den kleinen
Städten und Flecken sehen die Blumenfenster weit
schöner aus als in Hamburg. Ich habe wohl äussern
hören, wenn einem Touristen der Anblick auffiel,
es möge an der eingeschlossenen Luft in diesen
Zimmern liegen, deren Fenster sich selten öffnen,
dass die Rosen und Nelken, die Geranien, Pelargonien, Pantoffelblumen und anderen altmodischen
Blumen sich zu einer so satten Pracht entwickeln.

Das ist richtig, die Blumen, die nicht getrieben
werden, gedeihen üppig in der gleichmässigen Luft
und Pflege. Aber wenn man dasselbe blühende
Geranium, das vor dem Fenster des Bauern in
leuchtendem Rot strahlt, zur Stadt brächte, würde
es hinter unseren Scheiben nicht anders aussehen
als unsere auch.

Die kräftigere Farbenwirkung der Blumen
hinter dem Fenster im Schifferhause beruht aber
doch nicht auf unserer Einbildung, sondern auf
objektivem Sachverhalt. Der Fischer und Bauer
streicht seinen Fensterrahmen noch weiss, er hat

noch nicht gleich einem akademisch gebildeten Architekten gelernt, dass das Holz einen trüben, bräunlichen, womöglich holzfarbenen Anstrich bekommen müsse. Das Weiss des Fensterrahmens hebt durch seinen Kontrast die Kraft des Geraniums und aller Blumenfarben hinter den Scheiben.

Dass die Fensterrahmen in der Stadt wieder weiss gestrichen werden, scheint mir im weiten Felde zu sein.

Wir müssten denn schon in absehbarer Zeit statt der buntscheckig aus Bruchstücken aller Schulen zusammengeflickten Architektur, die imitiert, was irgendwo Geltung besass, eine Hamburgische Architektur bekommen, deren Urheber sich fragen, was unserem praktischen und ästhetischen Bedürfnis entspricht. Passen weissgestrichene Fensterrahmen in eine schmutziggraue Cementfassade? Passen sie in einen Backsteinbau mit lauter kleinen Formen und Förmchen, die seine Massenwirkung aufheben? Passen sie in die Cementimitationen des Heidelberger Schlosses, in die Cementgotik des imitierten englischen Landhausstils?

Dass die russige Luft sie verbietet, glaube ich nicht. Aus alter Zeit sind sie mitten in der Stadt noch im Gebrauch, wo man es nicht erwarten sollte, so im Schifferhause.

Aber wer sich draussen in den neu aufgeschlossenen Villenterrains ein Haus baut, der möge sich, wenn er ein Blumenfreund ist, der alten koloristischen Hamburgischen Architektur erinnern, bei der die

weissgestrichenen Fensterrahmen in der ruhigen
Masse der schlichten unornamentierten Backstein-
wand standen, in ihrer Farbigkeit wirkungsvoller als
irgend welche plastische Form.

So kann uns der Blumenschmuck des Fensters
helfen, die wahre Farbigkeit unserer Architektur
zurück zu erobern, die nicht in der Anbringung
von bunten Detailformen liegt, sondern in der Bemalung und im farbigen Kontrast von wichtigen
Bauteilen.

BLUMENLÄDEN

Es ist bekannt, dass sich in unserem Jahrhundert, seit die Spiegelscheiben existieren, eine eigenartige Technik im Aufputz der Ladenfenster entwickelt hat. Wer Gelegenheit hat, die Londoner, Berliner und Pariser Auslagen zu vergleichen, wird einen Unterschied nationaler Schulen konstatieren können, und innerhalb der Grenzen einer einzelnen Nationalität drückt sich im Aufputz der Ladenfenster der einzelnen Städte das Niveau der Kultur und der künstlerischen Bedürfnisse aus.

Die Leistungen sind oft gar nicht gering, und wer das Quantum Zeit, Kraft und Mühe zusammenrechnet, das der ständige Wechsel in einer Grossstadt kostet während eines einzigen Monats, der kommt zu einem fast überwältigenden Resultat.

Mit geringen Ausnahmen ist die Entwickelung an den Blumenläden bisher noch ziemlich spurlos vorübergegangen. Merkwürdig, man hätte erwarten sollen, dass bei dem künstlerischen Material der Trieb nach Vervollkommnung dem Ladeninhaber keine Ruhe gelassen hätte.

Aber ein Delikatessenhändler pflegt auf seine Auslage weit mehr künstlerischen Geschmack zu verwenden als der Blumenhändler, sehr seltene Ausnahmen abgerechnet.

Woran mag das liegen? Am Material, das alle Tage gewechselt wird? An der absoluten Unzulänglichkeit oder gar Geschmacklosigkeit — um keinen stärkeren Ausdruck zu brauchen — der Vasen?

Welches die Ursachen sein mögen, die Thatsache lässt sich nicht leugnen, dass die Anordnung des Blumenladens bisher nicht entfernt die im Bereich der Möglichkeit liegenden Kunstmittel ausgenutzt hat. Man möchte fast behaupten, dass die Blumenhändler Kunst überhaupt noch nicht in Anwendung bringen.

Im Interesse der künstlerischen Erziehung des Publikums ist dies sehr zu bedauern.

Die Ladenauslage gehört zu den künstlerischen Erscheinungen, die sich dem Städter auf Schritt und Tritt aufdrängen. Sie ist in dem unaufhörlichen Wechsel ihrer Zusammensetzung ein beständiger öffentlicher Lehrkursus über den Wechsel des Geschmacks, und ohne uns dessen immer bewusst zu sein, empfangen wir von den Ladenfenstern die nachdrücklichsten Belehrungen.

Auf manchen Gebieten, denen der Frauenmode zum Beispiel, ist ihr Anblick eigentlich im höheren Grade ausschlaggebend als der Besuch des Ladens. Das Schaufenster markiert nur die grossen Linien der Bewegung. Es kann sich mit den tausenderlei Abschweifungen nicht einlassen, die der Gang der Entwickelung beschreibt. Wenn es wirken will, muss es eine oder die andere Thatsache von Wichtigkeit laut verkünden. Es ist dem Tagesgeschmack prophetisch ein gut Stück voraus. Heute erscheint der Hut, den in einer Woche erst die fortgeschrittenste Dame aufsetzen wird. Die neuen Farbennuancen der Hüte, Blumen und Seidenstoffe werden dem Auge in den Auslagen zuerst als das Ziel der neuen Gewöhnung vorgestellt, und hier hat es Zeit, nebenbei und ohne Anstrengung eine alte Gewöhnung zu besiegen und eine neue anzunehmen.

Das Schaufenster ist um so viel wichtiger als der Ladentisch, weil es sich an Alle wendet, nicht verwirren darf und am hellen Tageslicht Teil hat. Man sieht im Fenster am schnellsten und deutlichsten, worum es sich eigentlich handelt.

Vom Schaufenster der Blumenläden kann man nun nicht behaupten, dass es in demselben Sinne eine führende Rolle spielt wie das der Modistin. Vor zehn oder fünfzehn Jahren wurden die bestellten Radbouquets, später die künstlichen Drahtsträusse hineingestellt, heute sind sie vorwiegend mit dem Rohmaterial mächtiger Bündel Nelken, Rosen, Narcissen, Tulpen oder Chrysanthemum angefüllt, denen sich in den Zentren der reicheren Städte die kostbaren Orchideen anschliessen. Bei einem Jubiläum oder Benefiz werden wohl auf einen Tag die meist verzweifelt geschmacklosen „Arrangements"

aufgebaut, das ist, um von traurigen Anlässen nicht
zu reden, die einzige Abschweifung in das künstlerische Gebiet, und was für ein Abweg meistens!

Die bewegliche und unbewegliche Ausstattung
des Blumenladens, von der sich das farbige Material abhebt, ist meist kläglich, wenn sie nicht aus
einem Hintergrund von grünen Büschen besteht,
der wenigstens nichts verdirbt.

Aus der Zeit des Drahtstrausses giebt es noch
Ladenfenster, die wie eine chambre ardente mit
schwarzem Sammet ausgeschlagen sind. In München
habe ich mit grünem, blauem, rotem oder violettem
Sammet wechseln und dann jedesmal der Nuance
des ausgestellten Blumenmaterials anpassen sehen.
Aber was lehrt das Experiment? Dass man in einem
Schaufenster einen glänzenden Effekt mit violettem
Sammet erzielen kann, von dem sich eine Kollektion Iris in dunklerem oder hellerem Violett, Lilas
und Hellblau abhebt, braucht wohl nicht erst bewiesen zu werden. Wer diese Iris kauft und mit
nach Hause nimmt, wird ihnen diesen Hintergrund
weder geben können noch wollen.

Die Idee, im Schaufenster mit dem Hintergrunde
zu wechseln, ist an sich nicht übel, und wenn ich
mir ein Publikum mit hoch entwickeltem Farbensinn
denke und einen idealen Blumenhändler konstruiere,
der von Haus ein seltenes koloristisches Gefühl
und eine ebenso seltene koloristische Phantasie,
dazu durch Erziehung den allerfeinsten Geschmack
besitzt, so liesse sich vorstellen, wie man in Scharen

vor seinem Blumenladen stände, um seine neuen Gedanken aufzunehmen. Dies Bild ist kein müssiges Spiel mit Unmöglichkeiten: wo ein Blumenhändler besonderen Geschmack zeigt, sehen wir schon heute seinen Laden umlagert.

Wie solch ein genial begabter Fachmann seinen Laden einrichten würde, lässt sich nicht ausdenken.

Vielleicht würde er ihn behandeln wie eine Zimmerecke mit weisslackierten Vertäfelungen und würde darin auf kleinen Tischen, wie man sie im Zimmer hat, einzelne, einfache, vornehme Vasen mit Sträussen aufstellen, die Schöpfungen seines eigenartigen Talentes. Wenn ihm dann ein Wurf geglückt wäre, den er als die Eingebung einer ganz besonders glücklichen Stunde empfände, dann würde er vielleicht nichts weiter zeigen als dieses eine Kunstwerk, genau wie eine Pariser Modistin, die wohl einmal in ein weiträumiges Schaufenster nichts als einen einzigen Hut stellt.

BLUMENTÖPFE

Wenn man vor einem Menschenalter durch die Hamburger Strassen ging, sah man hinter den Fenstern vor den weissen Tüllgardinen je zwei Porzellantöpfe stehen, einen hinter jedem Flügel, und Rosen, Pelargonien, Fuchsien oder seltenere Gewächse erhoben sich daraus, deren kräftigem, gesundem Wuchs man es ansah, dass sie aus Stecklingen im Hause gezogen waren.

Wer genauer zusah, konnte aus mancherlei Unterschieden auf das Lebensalter der Hausbewohner schliessen. Waren die Blumentöpfe aus Fayence mit Löwenmasken, die einen Ring im Maule tragen, dann konnte man ziemlich sicher sein, dass die Pflegerin der Blumen noch die grosse weisse Spitzenhaube trug. Zu weissem Porzellan mit goldenen Linien und ganz kleinen Löwenköpfchen gehörten drei Locken an der Schläfe. Das alles war altmodisch. Moderne Blumentöpfe um 1870 mussten mit bunten Blumengewinden bemalt sein. Wer

3*

sehr fortgeschritten war, stellte keine Pflanzen mehr
hinein.

Wo ist das alles geblieben? In den Strassen,
wo die Wohlhabenden wohnen, sieht man kaum
eine Spur davon und überhaupt nicht so viel Blumen am Fenster wie früher. Man muss schon in
die Vororte oder auf die Dörfer gehen, um die
alte Gewohnheit noch am Leben zu finden.

Blumentöpfe ins Fenster zu stellen, war eine
besonders norddeutsche Sitte, die wohl ein Jahrhundert geherrscht haben mag und mit der Anlage
der Fenster zusammenhängt. An der Seeküste
müssen der Stürme wegen die Fenster nach aussen
schlagen. Die ältesten dieser Blumentöpfe, die ich
mich besinnen kann gesehen zu haben, gehörten
in die Gruppe der deutschen Nachahmungen des
Wedgewoodsteingutes. Vereinzelt vorkommende
cache-pots des Rokoko gehören in eine andere
Kategorie, ebenso die Jardinieren aus Fayence der-
selben Epoche.

Als man sich bei uns in den siebziger Jahren
zur deutschen Renaissance bekehrte, konnte man
die Blumentöpfe nicht mehr ausstehen, weil sie aus
Porzellan waren. Denn das sechzehnte Jahrhundert,
das nun als massgebend angesehen wurde, hatte das
Porzellan noch nicht gekannt. Auch passte das
Weiss des Porzellans nicht mehr in die trübe
Farbenstimmung, die für altdeutsch und deshalb als
allein richtig galt, und die lichten Farben, die der
Porzellanmalerei von je natürlich waren, stimmten

zu dem geliebten Lehmgelb, Erbsengrün und Wurst-
rot der Teppiche, Überzüge und Tapeten nicht
mehr. Auch die Bemalung mit natürlichen Blumen
war verdächtig. Denn nichts war in jener „stil-
vollen" Epoche so verhasst wie der Naturalismus,
von dem die Mädchen in der Schule schon gelernt
hatten, dass er sehr verderblich sei. — In der That
waren übrigens die letzten Erzeugnisse der Blumen-
topffabrikation weder in Form noch Farbe geschmackvoll. Schon das Prinzip, das Gefäss, das
sich wie ein Postament bescheiden unterordnen soll,
mit Blumen zu bemalen, ist nicht zu verteidigen.
Und nun die Ausführung!

Es kam hinzu, dass bei den dicht zugezogenen
schweren Gardinen, mit denen die Fenster verhängt
wurden, die Liebhaberei für Blumen am Fenster
zurückging. Mir will scheinen, als ob man sich
in der Zeit vorher mit dem Aufziehen aus Stecklingen sehr viel mehr Mühe gegeben hätte. Bald
darauf begann auch der weisse Anstrich der äusseren
Fensterrahmen und der inneren Leibungen, der
zum Blumenschmuck herausgefordert hatte, dem
trüben braunen Ton zu weichen.

Dies war wohl der schwerste Schlag, der den
Blumenkultus treffen konnte.

Wenn man jetzt die Auslagen der Porzellan-
manufakturen in Dresden und Berlin durchmustert,
wird man den Blumentopf vergebens suchen. Auch
bei den Franzosen scheint der Blumentopf nicht
mehr Mode zu sein. Die Engländer dagegen haben

ihn wieder hervorgeholt und ihre Majolikafabriken
führen freundliche und billige Waren massenhaft
nach dem Kontinent aus.

Für den deutschen Blumenfreund liegt die Frage
nahe, ob man bei uns versuchen soll, die alte ver-
gessene Form wieder zu beleben.

Vor dem Fenster können wir den Blumentopf freilich vorläufig noch nicht so gut verwenden wie unsere Eltern, weil es noch nicht
wieder von dem Überfluss an Vorhängen befreit
und weil es auch nicht wieder in frischen Farben
angestrichen wird.

Dagegen haben wir grosse helle Veranden, die
mancherlei Blumenschmuck erfordern, und in unseren
Zimmern hat der eine Tisch vor dem Sopha einer
grösseren Zahl kleiner überall verteilter Tische
Platz gemacht, die für die Aufstellung von Blumen
sehr bequem sind.

Es lässt sich auch voraussehen, dass die nächste
Generation die Architekten zwingen wird, breite
Fenster mit hohen Bänken zu bauen, die man
nicht mehr verhängen kann und die auf eine
reichere Verwendung blühender Pflanzen drängen,
schon weil sie dem Auge näher sind als auf den
niedrigen Fensterbänken.

Da wird es überall im Zimmer die Möglichkeit

geben, einzelne zierliche blühende Gewächse auf-
zustellen, wie man jetzt einen Strauss hinstellt.

Heute ist dies noch unthunlich, weil uns, wie
bisher für die abgeschnittenen Blumen die Vase,
für wachsende Pflanzen der hübsche praktische
Blumentopf fehlt.

Somit wird es Zeit, uns zu erinnern, dass ein
neues Bedürfnis vor der Thür steht.

Soll etwas Gutes entstehen, so muss das Bedürfnis scharf ins Auge gefasst werden.

Blühende Pflanzen im Topf verhalten sich nicht
viel anders als abgeschnittene Blumen. Die Hülle
des irdenen Gefässes, das die Erde umschliesst, muss
sich in Form und Farbe der Pflanze unterordnen.

Ebenso braucht man für blühende Gewächse
die verschiedensten Grössen und Formen. Früher
war das selbstverständlich. Am Anfange unseres
Jahrhunderts waren alle Übergänge von den grössten
Kalibern für Rosenbüsche bis zu ganz kleinen für
Crocus und Schneeglöckchen im Gebrauch.

Alles seiner selbst wegen Bunte, Prahlende,
Dekorierte schadet der Wirkung des blühenden Ge-
wächses, also fort damit! Wie für den Strauss ist
hier das Einfachste das Beste.

Fort mit dem Vorurteil, dass nur der kostbare
Stoff wertvoll sei. Es gilt, wie überall, aus dem

einfachsten wohlfeilsten Material durch künstlerische
Entwickelung seiner Qualitäten das Gute zu erreichen.

Das Nächste wird sein, die einfache Töpfer-
ware wieder einzuführen, wie es bei den Blumenvasen schon geschehen ist.

Dann wird man sich auf andere Materialien
besinnen, die als Topfhüllen zu verwenden sind.

Dass das Bedürfnis wirklich vorhanden, die
unansehnlichen porösen, feuchten Thonscherben, in
denen die Zierpflanze gezogen wird, zu verbergen,
beweist der massenhafte Verbrauch hellgrünen, hell-
roten, hellblauen Seidenpapiers, in das der Gärt-
ner die Töpfe der schnell getriebenen Maiblumen,
Mandelbüsche und Hyacinthen hüllt. Blumenvasen
und Gläser führt der Blumenhändler schon längere
Zeit, Blumentöpfe noch nicht wieder.

Einige Wünsche mögen hier ausgesprochen
werden. Der Frühling, der in unseren Gewächs-
häusern zwei Monate früher erscheint als im Ka-
lender und drei Monate früher als in Wirklichkeit,
bringt uns eine Schar reizvoller Zwiebelblumen,
Veilchen, Primeln, Aurikeln, denen der Blumenfreund gern einen gut beleuchteten Platz in seinem
Zimmer geben möchte, ohne sie vom Stengel zu
schneiden. Möge ihm unsere Industrie bald die
Mittel dazu an die Hand geben!

Für den helllilas Crocus braucht er einen Topf mit weisser Glasur, die eine leise Ahnung von Grün enthält, aber nur einen Hauch. Als Schmuck liessen sich zwei lichte grüne Bänder denken, wie ein Tonnenreifen um den Körper geführt.

Der gelbe Crocus braucht einen Topf in sattem Apfelgrün mit zwei Reihen Tupfen in passendem sattem Rot.

Der hartviolette Crocus verträgt ein sehr tiefes Grün oder Rot, auch wohl ein sattes Orange im Ton der eigenen Staubfäden.

Für Schneeglöckchen passt Weiss oder ein Hellgrün, das einen Stich ins Seegrün hat, den Blättern entsprechend.

Tulpen verlangen je nach der vorherrschenden Farbe eine tiefes Purpur, Grün, Rot, Orange.

Für Veilchen ist ein satter Sahnenton mit Flecken von tiefem Krapprot angebracht.

Die sechsstengelige lilas Sumpfprimel verträgt ein helles Apfelgrün, das aber nicht zu brillant wirken darf.

Unberechenbar sind die Kombinationen, zu denen die koloristisch so unendlich mannigfaltigen, leider noch nicht wieder in Mode gekommenen Aurikeln herausfordern.

✳

Wie wir dergleichen erzielen, ist mir noch nicht recht klar.

Wenn die Künstler bei uns Vasen oder Töpfe machen oder nach ihren Angaben herstellen lassen, so werden sie so teuer wie Bilder, während wir Gebrauchswaren nötig haben.

Von den Fabrikanten will ich lieber nicht reden. Es wäre möglich, dass ich ihre Intelligenz, ihren Geschmack, ihren guten Willen nicht so laut preisen könnte, wie sie es selber wünschen möchten.

Mir scheint, es bleibt wieder nur die Hoffnung, dass der gebildete Kunstfreund sich der Sache annimmt.

BLUMENKÖRBE

Die Blumenhändler verwenden Blumenkörbe sehr
reichlich. Aber sie sind fast immer absolut ge-
schmacklos, wenn sie einen Schritt über die einfachsten Formen der Bauernarbeit hinausthun.

Und doch liegt hier ein weites Feld für die
Erfindung schöner und praktischer Formen und
für die Anwendung geschmackvoller Farben offen.

Mir wurde erzählt, man hätte früher in Hamburg statt der Blumentöpfe vor jeden Fensterflügel
einen langen eckigen Korb gestellt als Hülle für
vier oder fünf Töpfe. Diese Körbe wären innen
und aussen grün gestrichen gewesen. Gesehen
habe ich sie nicht mehr.

Mir scheint die Einrichtung sehr schön und
überaus praktisch. Ist der Korb nur stark genug,
so kann man die Blumentöpfe sehr leicht an den
Ort bringen, wo die Blätter gespült oder ab-
gestäubt werden sollen. Ein flacher Blecheinsatz
hält die Feuchtigkeit an, so dass das Begiessen
bequem wird.

Vor allem aber die Farbe. Es ist nichts im Wege, dass man neben dem Grün auch Weiss — was sehr günstig ist — und unter Umständen Rot verwendet oder Weiss mit grünem, Grün mit weissem, Rot mit weissem Querstreifen. Auch Blau, Purpur, Orange und Gelb sind denkbar, aber schwieriger zu verwenden, sobald man es mit mehr als einer Blume zu thun hat. Für grössere, alleinstehende Zimmerpflanzen sind Topfhüllen in Gestalt schön bewegter und geschmackvoll gefärbter runder Körbe — Korbvasen — ausgezeichnet verwendbar. Sie sehen gut aus und haben den Vorzug, dass sie nicht zerbrechen.

Unsere Industrie findet hier eine schöne und lohnende Aufgabe, namentlich, da das heimische Material zur Verwendung kommen kann.

In Anlehnung an die herrlichen Vorbilder in der japanischen Abteilung des Museums für Kunst und Gewerbe werden in Hamburg sehr schöne Korbvasen, Fruchtkörbe und Blumenkörbe gemacht. Aber sie genügen noch nicht recht für den praktischen Gebrauch, weil ihre Farbe noch mangelhaft ist und ihre Form zu sehr die japanischen Vorbilder und zu wenig unsere Bedürfnisse berücksichtigt. Auch sind sie zu teuer.

Wir sollten versuchen, auch für das heimische Material von den Lehren der Japaner zu profitieren, und dem Blumenkultus eine Reihe bequemer und schöner Formen zur Verfügung stellen.

Mit dem Anstrich müsste vorsichtig verfahren werden, damit sich die Ecken nicht füllen. Was man durch grüne und rote Beizen erreichen kann, weiss ich nicht zu sagen.

Ob nicht auch in der Korbflechterei ein Arbeitsgebiet für den künstlerischen Dilettantismus zu finden ist?

BLUMENBRETT UND BLUMEN-GITTER

In den kleinen Städten von Mittel- und Süd-
deutschland, wo die Fenster sich entweder nach
innen öffnen oder als Schiebefenster in die Höhe
gehen, wird das Strassenbild aufs Anmutigste durch
die Blumenbretter vor den Fenstern belebt, über
deren weiss- oder grüngestrichene Gitter die blühenden Geranien und Nelken sich neigen.

Bei uns in Hamburg lässt sich diese Vorrichtung
nicht ohne weiteres übernehmen, weil unsere Fenster
nach aussen schlagen.

Aber das Blumengitter hat doch auch für uns
eine praktische Bedeutung.

Wer im Zimmer eine Fensterbank mit Blumentöpfen füllt, wird bald das Bedürfnis empfinden,
die unruhige Reihe der nebeneinander stehenden
Töpfe zu verdecken oder als Masse zusammen-
zufassen.

Dafür giebt es keine bessere Vorrichtung als das
leichte Gitter aus Holz, mit dem man im Inneren
Deutschlands die Blumenbörter abzuschliessen pflegt.

Wer es einmal damit versucht hat, wird sich
an dem freundlichen Eindruck erfreut haben.

Für die Kombination einfacher Formen, die
jeder kleine Tischler vollkommen beherrscht, ist
ein weiter Spielraum gegeben, und für jede Fensterform lässt sich etwas Eigenes und Originelles ausdenken.

Am zweckmässigsten für die Fensterbank er-
weisen sich die Gitterformen aus stark deckenden
flachen kleinen Latten senkrecht geordnet mit ein-
fach profilierten rautenförmigen Köpfen, die man
rot oder grün streicht, je nachdem der Körper
weissen oder grünen Anstrich erhalten hat. Rund-
stäbe sind zierlicher, aber sie decken nicht so gut
und sind kostspieliger.

Je mehr die schweren Gardinen von unseren
Fenstern verschwinden, desto mehr wird man be-
dacht sein, den Fensterplatz auszubilden und die
Fensterbank wie ein einheitliches Blumenbeet zu
behandeln.

Wenn die breite Fensterform mit hohen Bänken,
das eigentlich nordische Fenster, erst wieder auf-
kommt, dann lässt sich das niedrige weisse oder
grüne Holzgitter vor den Blumentöpfen auf das
Mannigfaltigste abwandeln, und es wird ein Genuss sein, durch die Strassen zu gehen, wo jedes
Fenster ein kleines koloristisches Kunstwerk bildet.

BLUMENGLÄSER

Seit ganz kurzer Zeit fangen die deutschen Glasfabriken an, billige, nicht immer unpraktische und nicht ganz unschöne Blumengläser und Blumenvasen auf den Markt zu bringen. So weit ich es beobachten konnte, werden sie überall gern gekauft und nicht als Kostbarkeiten, sondern als Verbrauchsware behandelt, wie es sein muss.

Noch sind wir freilich himmelweit davon entfernt, dass der Fabrikant in jedem einzelnen Falle sich überlegt, welchem praktischen und ästhetischen Zweck er genügen will, welche Mittel ihm seine Materie und seine Technik an die Hand geben, um etwas in seiner Art Vollendetes zu schaffen.

So lange mit farblosem Glase gearbeitet wird, geht's noch an. Da kann nur die Form mehr oder weniger praktisch, mehr oder weniger schön sein, und man sieht jetzt hier und da ganz erfreuliche Bildungen, über deren Einfachheit und Zweckmässigkeit man sich freut und wundert.

Aber sobald die Farbe auftritt, pflegt auch die ganze alte Misere wieder da zu sein.

Was soll man mit einem Blumenglas in Rosa,
Lilas, Seegrün und dergleichen Bonbonfarben an-
fangen? Welche Blume hält die Nachbarschaft
solcher flauen, faden, hässlichen Tönchen aus?

Auch alles, was sich der sogenannten Flaschen-
farbe nähert, pflegt unerträglich zu sein als Qualität, wenn es sich auch besser als die Bonbonfarben den Blumen unterordnet.

Wer den Versuch gemacht hat, die modernen
Erzeugnisse der Glasindustrie praktisch zu verwenden,
kommt zu ganz bestimmten Wünschen.

Viele Gläser sind zu dünnwandig. Für grosse,
schwere Blumen braucht man mehr Masse, ja sogar
eine gewisse Derbheit. Mancher bei dünnwandigen
Gläsern flaue oder widerspenstige Glasfluss wird
bei dickeren Wänden ohne weiteres kräftig mit
dem Blumenstrauss in Harmonie oder Kontrast
treten. Oft sieht man für die Aufbewahrung von
Schwefelsäure oder anderen Chemikalien grosse Be-
hälter, aus deren Glasfluss man sich ohne weiteres
Blumengefässe von kräftigen Formen wünschen
möchte.

Dass unsere Glasfabrikation die Eigenschaften
des Glases für künstlerische Bedürfnisse — zu denen
der Blumenluxus gehört — nicht ausnutzt, liegt
wohl an der Unzulänglichkeit der künstlerischen
Kräfte, die ihr zu Gebote stehen. Woher soll
die Fabrik sie nehmen, die irgendwo in der Provinz liegt weit weg von Kunstzentren, mit Muster-
zeichnern, die unsere Gewerbeschulen besucht haben,

Lichtwark, Blumenkultus.   4

also wesentlich auf die Anwendung historischer Vorbilder angewiesen sind?

Wenn eine Fabrik sich entschlösse, von einem
feinsinnigen Maler die Glasflüsse aussuchen und
die Formen bestimmen zu lassen, wie sie für die
verschiedenen Blumentypen an Grösse und Umriss
passen, so würde das für die Leistungsfähigkeit
unserer Industrie ein sehr grosser Gewinn sein.

BLUMENVASEN

Zwar werden in jüngster Zeit Vasen und Gläser angefertigt, die das erfreuliche Streben nach Sachlichkeit verraten, aber noch hält es schwer, die Formen und Farben zu finden, die das überaus mannigfache Material der wilden und der gepflegten Blumen verlangt. Bei brauchbarer Form pflegt es mit der Farbe zu hapern, oder umgekehrt, und wenn beides stimmt, lässt unter Umständen das Material des Thons zu wünschen, der nicht immer undurchlässig ist. Dies ist jedoch eine der ersten Bedingungen, dass man die Vase überall aufstellen kann, ohne durch das ausdrängende Wasser das Möbel zu beschädigen.

Die Vase wird immer noch als etwas Kostbares behandelt, als eine rare, selbständige Sache, die möglichst reich geschmückt werden muss.

Wenn ein Künstler sich mit der Herstellung von Vasen befasst, so geht er darauf aus, Dekorationsobjekte zu schaffen, die sich zu einer praktischen Verwendung nicht eignen und sehr teuer werden.

Was wir brauchen, ist aber gerade die billige Gebrauchsware in edler Form und Farbe.

In der Form muss von der Blume ausgegangen werden, die man hineinstellen will. Für Iris, Päonien, Rosen, Nelken, Reseda, Veilchen müssen besondere Formen zur Verfügung stehen, deren Mass und Silhouette an dem lebenden Blumenmaterial zu gewinnen ist.

Profile, modellierte oder gepresste Ornamente sind vom Übel.

Eine schöne, einfache, sachliche Silhouette, ein einzelner starker und schöner Ton der Glasur, das genügt. Die Vase verhält sich zum Strauss wie der Rahmen zum Bilde oder das Postament zur Statue.

Es müsste angestrebt werden, dass diese Vasen in jedem Blumenladen so wohlfeil zur Auswahl stehen, dass man kaum noch einen Strauss ohne Vase verschenkt.

Dass die Vasen in dieser Qualität für einen sehr niedrigen Preis (von dreissig Pfennigen bis zu einer Mark) in den Handel zu bringen sind, haben die Versuche der Gesellschaft Hamburgischer Kunstfreunde bewiesen. Und dass das Bedürfnis dafür vorhanden ist, geht aus der überaus starken Nachfrage nach den für die Gesellschaft hergestellten Vasen hervor. Im Handumdrehen sind die neuen Sammlungen jedesmal vergriffen, und es konnte dem Bedarf nicht entfernt genügt werden.

Seit die Gesellschaft angefangen hat, ihre Vasen den Schulen zu stiften, namentlich den Mädchen-

schulen, dringt die künstlerische Pflege des Blumenschmuckes in weite Kreise.

Zu den Vasen gehört eigentlich auch ein Unter-
satz, der sie von dem Tisch oder Schrank abhebt.
Für kostbarere Erzeugnisse sind die geschnitzten
chinesischen unübertrefflich. Für die einfacheren
bedient man sich am besten eines flachen schwarz-
gebeizten hölzernen Tellers. Die schwarze Farbe
kommt dem Tone der Vase und auch der Wirkung
der Blumen ausserordentlich zu statten. Sehr fein
wirkt oft ein sogenanntes „Bricken“ aus Strohgeflecht.
Diese Untersätze und Unterlagen wirken nach demselben Prinzip wie der Rahmen beim Bilde oder
der Sockel bei der Statue. Es empfiehlt sich,
Untersätze in mancherlei Farben, namentlich in
Schwarz und Gelb, zur Verfügung zu halten. In
vielen Fällen ist die Verbindung eines geflochtenen
Brickens und eines schwarzen hölzernen Untersatzes
von grossem Vorteil.

TÖPFERKUNST

Vergangenen Sommer besuchte ich eine kleine
Stadt, die als Sitz uralter Töpferkunst bekannt ist.

Die Bewohner lieferten seit mehreren Jahrhunderten einer ganzen Provinz die Gebrauchswaren.
Was sie leisten, entspricht den einfachen Bedürfnissen. Aber es ist bei aller Schlichtheit und Sachlichkeit nicht ohne Schönheit. Der durch lange
Zeiträume hindurch fortgesetzte Betrieb hatte von
selbst zu ansprechenden Typen geführt, die man
als Auslese aus einer unendlichen Zahl von Versuchen wohl begreifen kann. Was in den Kreisen
der Abnehmer Beifall fand, wurde immer wieder
hergestellt, und in den Töpferfamilien mussten künstlerische Talente sich entwickeln, denn gerade die
Kinder wurden mit dem Auftragen der Glasuren
betraut.

Wer die Topfmärkte durchmustert, die von
diesem Städtchen gespeist werden, findet die origi-
nellsten und künstlerisch ansprechendsten Deko-
rationsmotive einfachster Art, Punkte, Tupfen,
Strichel, Flecke in sehr ansprechender und oft

ungemein feinfühliger Farbenverteilung, und die
Formen der Geräte sind praktisch und doch nicht
ohne Reiz.

Natürlich fand man zur Zeit des ersten Auf-
schwunges unseres „Kunstgewerbes", dass die Töpfer
in dem entlegenen Nest besserer Vorbildung be-
durften, um ihren Absatzkreis zu erweitern. Man
hätte freilich besser gethan, in den grossen Städten
dem Publikum das Verständnis für die ansprechenden Leistungen des Städtchens beizubringen.

Es wäre auch immerhin denkbar gewesen, dass
man die vorhandenen Keime ausgebildet hätte.
Denn auf der Grundlage des Vorhandenen hätte
sich sehr wohl eine Töpferkunst aufbauen lassen,
die nicht nur dem Geschmack des Kleinstädters
und Bauern (der immer noch nicht der schlechteste
ist, so lange er naiv bleibt), sondern auch dem
Geschmack und dem Bedürfnis des Künstlers ent-
gegengekommen wäre.

Aber das Vorhandene wurde als roh und ge-
mein verachtet. Man wollte Höheres erreichen
und gründete zu dem Zweck ein Keramisches Museum und eine kunstgewerbliche Zeichenschule.

Die furchtbaren Folgen sind nicht ausgeblieben.
Hätten die bäuerlichen Kunden des Städtchens
ihren alten Geschmack aufgegeben, es wäre keine
Spur von der alten Produktion am Leben.

✳

In dem Keramischen Museum steht am Eingange eine Kollektion von Töpfen und Schalen, wie sie im Jahre vor der Gründung des Museums allgemein hergestellt wurden.

Der Begründer wollte damit der Nachwelt zeigen, aus welchem Verfall die Produktion des Städtchens gerettet werden musste.

Dann folgt eine Auswahl aller scheusslichsten Missgeburten von Zwecklosigkeit und Ungeschmack, mit denen die jüngste Epoche die Welt beglückt hat. Man wandelt durch eine Schreckenskammer kunstgewerblicher Ungeheuerlichkeiten.

Es sind lauter moderne, ganz moderne Sachen, für alte langten die Mittel nicht. Ausserdem: es sollten gerade moderne Vorbilder zum Nachmachen hingestellt werden, damit man konkurrenzfähig würde.

Wer dann zum Eingang zurückkehrt und dort die verachteten Produkte der naiven Zeit mustert, muss sich gestehen, dass diese die einzig museumsfähigen Dinge im ganzen Institut sind.

So weit sich nach einem Besuch in den verschiedenen Werkstätten ein Urteil fällen lässt, haben Museum und Zeichenschule doch nicht den Schaden angerichtet, der zu erwarten stand.

Die kleinen Betriebe sind bei ihrer alten Art geblieben, weil eben die Abnehmer das Neue nicht wollten.

Eine einzige Werkstatt hat sich auf dem Boden des Museumsbestandes zu einer Fabrik entwickelt und liefert die Prunkvasen der Dreimarks- und Fünfgroschenbazare Deutschlands und der Welt.

Im selben Sommer verfolgte ich in deutschen Kunststädten die Versuche der Maler, die sich, wie lange vorher schon ihre Kollegen in Paris, mit der Herstellung von Vasen und Tellern beschäftigen.

Was sie bisher hervorgebracht haben, liefert den Beweis, dass von ihnen, das heisst von den Künstlern, und nicht von den Museen und Zeichenschulen, die Rettung unseres Kunstgewerbes kommen muss. Aber sie stehen noch bei den ersten Versuchen und müssen für ihre Erzeugnisse so hohe Summen fordern, dass ihre Arbeit und ihr Geschmack nur einem kleinen Kreise sehr begüterter Liebhaber zu Gute kommen. Auch tragen sie durchweg dem Bedürfnis nicht Rechnung. Sie machen lauter abstrakte Sachen, Vasen an sich, Dekorationsobjekte, die sich weder mit der Form und Farbe der Blumen, noch mit dem Wasser vertragen. Die Meisten lassen durch. Was wir zunächst brauchen, ist aber nicht das Prunkgefäss, sondern die künstlerische Veredelung der Gebrauchswaren.

Ein Bedürfnis nach schönen Vasen und Geräten haben in Deutschland vorläufig nur die Künstler, die meist keine grossen Mittel aufwenden können, und der gebildete Kunstfreund, der in den reichen Schichten nicht gesucht werden darf.

Soll den Töpfern in den kleinen Produktions-zentren geholfen werden, und will man den Künst-lern praktische Wege weisen, so sollte man einen der Maler, die sich als Amateurs in der Keramik bewährt haben, in ein solches Städtchen schicken, dass er Hand in Hand mit den Töpfern die Formen und Dekorationsarten schafft, die einem gebildeten Geschmack Freude machen und doch sich vom Boden des Bedürfnisses nicht entfernen.

Was der Kleinstädter und Bauer braucht, kann im wesentlichen unverändert bleiben.

Für den Grossstädter sollten in dieser Bauern-majolika solche Dinge hergestellt werden, die er nicht lieber aus Fayence oder Porzellan benutzt. Das sind geschmackvolle, einfache und billige Blu-menvasen und Blumentöpfe, Deckelgefässe zur Auf-bewahrung von Brot und Gebäck aller Art, Salat-schalen verschiedener Farbe, denn für Tomaten wird man einen anderen Untergrund haben wollen als für Gurken oder römischen Salat.

Wenn man in Deutschland mit einem Fach-mann über diese Dinge spricht, pflegt er überlegen zu lächeln und die ganze Sache mit dem Hinweis von sich abzuschieben, dass so etwas sich wohl

ganz hübsch anhöre, aber vom Standpunkte des
Geschäfts absolut aussichtslos wäre. Das Publikum
sei nicht reif dafür, es habe gar keine künstlerischen Bedürfnisse. Vor allem wolle es das Einfache nicht.

Das ist innerhalb gewisser Grenzen schon richtig.
Aber wird es so bleiben, und kann es lange so
bleiben?

Wir haben bisher den Fehler begangen, unsere
Industrie von der lebenden Kunst abzusperren und
an den Leichnam toter Kunst zu ketten. Aber
gerade die lebende Kunst muss die einfachen Dinge
des täglichen Gebrauchs adeln, wenn sie ihre Rolle
in der Volkswirtschaft richtig ausfüllen soll, denn
sie ist nicht mehr, wie vor hundert Jahren, die
Dienerin des Fürsten und des Hofes.

Dass unser Publikum nicht so tief steht, wie
die Fachleute glauben, hat die Aufnahme der einfachen, praktischen und wohlfeilen Blumenvasen
der Gesellschaft Hamburgischer Kunstfreunde glän-
zend dargethan.

CHRYSANTHEMUM

Zum zweiten Male hat der erste in Deutschland gegründete Verein von Chrysanthemumfreunden seine Herbstausstellung veranstaltet.

Dass dieser erste Verein in Hamburg entstand, versteht sich für Deutschland eigentlich von selbst. Hamburg hätte sich die Ehre nicht nehmen lassen dürfen. Unsere Blumenliebhaberei hat die älteste Tradition, und ihr Einfluss auf die bildende Kunst und auf die Litteratur war mehr als einmal bahnbrechend.

Der neue Verein scheint sich völlig bewusst zu sein, dass seine Arbeit ein Kulturwerk ist, denn zur Eröffnung seiner Ausstellung hatte er die Vertreter der höchsten Gesellschaft eingeladen. Herr Bürgermeister Dr. Lehmann hielt die Ansprache, der Protektor des Vereins, Graf Waldersee, sprach die Eröffnungsformel. Unter dem Zeichen der Blume, deren Farbenkleid sich wie die Toilette der Modedame jeder Bewegung des Geschmackes anschmiegt, die Vertreter aller führenden Stände um die Ehrendamen des Vereins versammelt zu sehen, darf als ein Beweis für die beginnende Vorherrschaft künstlerischer Interessen gedeutet werden. Denn was interessiert am Chrysanthemum, wenn nicht seine koloristische Begabung?

Der Künstler und Kunstfreund wird die Thätigkeit des Vereins mit warmer Sympathie verfolgen und die Ergebnisse seiner Bemühungen mit Dankbarkeit aufnehmen.

Aber er hat auch Wünsche, die hier auszusprechen erlaubt sein mag.

Nach zwei Zielen scheint das Streben der Chrysanthemumzüchter zu gehen, auf die Erzeugung immer neuer Farben und immer grösserer und seltsamerer Formen.

Was die Farbe angeht, kommt kaum ein Missgriff vor.

Aber viele monströse Formen sind nichts weiter als ein grosser schwerfälliger Farbenfleck, und ihre Erzeugung zerstörte den zierlichen und kapriciösen Habitus der Staude vollkommen; denn um eine einzige der grossen Blüten zu erzeugen, müssen an der Staude alle Triebe bis auf einen oder einige wenige abgeschnitten werden, und der Blätterschmuck geht fast völlig dabei zu Grunde.

Das wilde Chrysanthemum hat ganz andere Formen. Seine Blumen sind mässig gross oder gar klein und sitzen in grosser Zahl, oft zu Hunderten, im satten Grün der dichten Blätter.

Es lässt sich nicht leugnen, dass dieser Typus in sich reicher und künstlerischer ist als das Monstrum aus dem Treibhause.

Nun liegt gewiss in der Erzielung der Riesenform für den Züchter ein eigener Reiz. Aber der Blumenfreund, der von der Kunst kommt, wünscht sich für seinen Genuss noch etwas anderes. Er möchte, dass der Habitus der wilden Pflanzen nicht allzu weit verlassen würde, und wenn er in einer Ausstellung von lauter Enakskindern einen Busch mit tausend kleinen ungefüllten Blüten findet, die in das wohlgepflegte Grün des Blätterdickichts gebettet sind, so geht ihm das Herz auf.

Sollte es nicht möglich sein, dass der Verein unserer Chrysanthemumfreunde nach dieser Richtung neue Pfade einschlägt und neben den kraftstrotzenden Riesenformen auch die zierlichen Buschformen mit vielen kleinen Blüten im dichten Laubwerk zu pflegen unternimmt? Der Spielraum der Farbigkeit würde dabei keine Einschränkung erfahren.

Besondere Effekte wären mit den ungefüllten Formen durch den Kontrast des gelben Zentrums mit den nach der roten, gelben oder blauen Richtung ausweichenden Randblüten zu erzielen.

✳

Ob schon ernsthafte Versuche gemacht sind, mit unserem wilden Verwandten des Chrysanthemum zu arbeiten, weiss ich nicht zu sagen. Ich weiss mich nicht darauf zu besinnen.

Aber ich könnte mir denken, dass z. B. unsere Strandaster, die ein wenig aus der Mode gekommen war, weil man zur Zeit der Vorliebe für die „braune Sauce" in Kunst und Industrie kein rechtes Auge für ihr Violett hatte, sich sehr wohl zu Züchtungsversuchen eignen würde, und dass Preisausschreiben in dieser und ähnlicher Richtung das Material an Zierblumen erheblich bereichern und der Hamburger Gesellschaft zu besonderer Ehre gereichen und zu grossem Einfluss verhelfen würden.

Direktor Brinckmann hatte während der Ausstellung der Produkte unserer Gewächshäuser eine höchst interessante Vorführung von Abbildungen japanischer Züchtungsresultate unternommen. Mit seiner Erlaubnis wiederholen wir an dieser Stelle die Ausführungen, die er den Hamburgischen Tagesblättern darüber gesandt hatte:

„Während die Ausstellung des Vereins der Chrysanthemumfreunde in der ‚Alsterlust‘ ihren Besuchern Gelegenheit bietet, sich lebender Blütenpracht zu erfreuen, hat das Museum für Kunst und Gewerbe fünfzig Abbildungen von in

Japan gezogenen Spielarten der herrlichen Blume in japanischen Farbendrucken ausgestellt. Wie grosse Fortschritte die Kultur des Chrysanthemums in Hamburg gemacht hat, erhellt aus der überraschenden Thatsache, dass sehr viele der japanischen Spielarten auch in der ‚Alsterlust‘ zu sehen sind.

Ein Land, in dem seit langen Jahrhunderten Kiku, so heisst Chrysanthemum auf japanisch, als die Wappenblume des Kaiserhauses geehrt und als volkstümlichste Gartenstaude gezogen wird, verfügt natürlich auch über Spielarten, die unseren Kulturen noch fehlen. Mehrere dieser Seltenheiten werden den Besuchern durch die absonderliche Grösse und Form und die auffällige Färbung sofort erkennbar sein. Wie bei uns, hat jede Spielart einen eigenen Namen, und zwar ist dieser Brauch nicht erst den Europäern nachgeahmt. Schon in einem im Jahre 1736 in Kioto gedruckten Buche, das ebenfalls ausgestellt ist, sind hundert verschiedene Spielarten des Kiku abgebildet, aber nicht in Farben weil damals der japanische Holzfarbendruck dieser Aufgabe noch nicht gewachsen war. Die Farben jeder Blume sind nur in Worten angegeben, dazu die Benennungen. Letztere verdienen die Aufmerksamkeit unserer Chrysanthemumfreunde, die fast durchweg dem trockenen Brauche huldigen, die Neuheiten mit den Namen guter Freunde zu taufen. Nur als sehr seltene Ausnahmen stossen wir in der ‚Alsterlust‘ auf Benennungen, die bestimmte, mit der Farbe oder dem Bau der Blüte verknüpfte Vorstellungen erwecken, wie z. B. Avalanche, Schneelawine, für eine grosse reinweisse Blüte; Harvest moon, Herbstmond, offenbar, wie die folgende Benennung, eine Übertragung aus dem Japanischen, für eine mildgelbe, und Golden ball, Goldball, für eine goldgelbe, regelmässig gerundete Spielart. Poetische Ideenverbindungen, wie sie den Japanern nahe liegen, sind bei uns nicht Brauch, verdienten aber feinsinnige Beachtung. Schon vor hundertundfünfzig Jahren nannten die Japaner eine hellrote Kikublüte Asahi, Morgenrot, eine dunkelrot und gelbe Fasogare, Abendsonne, eine weisse Blüte mit besonders langen zierlichen Strahlen Kitashigure, nördlicher Platzregen, eine schneeweisse Blüte mit gelblicher Mitte Yakonotama, nachts leuchtender Edelstein. Unter den heutigen Benennungen der fünfzig Kikuspielarten, die in Farbendruck ausgestellt sind, befinden sich viele alten Dichtungen oder Naturbildern entlehnte Benennungen, die in deutscher Übertragung lauten würden: Sonnenaufgang im Meer (dunkelrot und blassrot), Achtfacher Nebel (weiss, ungewöhnlich feinstrahlig), Löwenmähne (gelb, weiche, mähnenartig verwirrte Strahlen), Tausend Kraniche (weiss, mit sich flügelartig kreuzenden, den Eindruck eines Fluges von Vögeln wiedergebenden Strahlen), Weisse Gewürznelken (eine Spielart, deren Blütenstrahlen sternförmig enden), Glanz des Schwertes (weiss, breitblätterige Strahlen), Kaiserliche Goldbrokatfahne (sehr grosse, rote und gelbe Blüten), Herbstliche Ahornblätter in der

Abendsonne (leuchtendes Feuerrot und Gelb), Mond im Abendrot (gelbe Scheibe, hellrote und dunkelrote Strahlen), Kämpfende Wellen (weiss, leicht gerötet, wirbelnde Strahlen), Grüne Kiefernadeln (feinstrahlig, hellgrün), Schneepolster auf der Kiefer (rein weiss).

Sachkundige Chrysanthemumfreunde werden die bei uns üblichen Benennungen mit diesen und ähnlichen vergleichen können, die in japanischer und deutscher Sprache bei den ausgestellten Abbildungen vermerkt sind. Sie werden auch an den mannigfachen Anwendungen ihrer Lieblingsblumen im japanischen Kunstgewerbe ihre Freude haben. Einer der Kästen der Stichblättersammlung ist ausschliesslich diesem Motiv gewidmet.

DER GARTEN AM HAUSE

An anderer Stelle (Makartbouquet und Blumenstrauss) habe ich darauf hingewiesen, wie arm
unsere modernen englischen Gartenanlagen kleinster
Dimension an Blumen sind. Büsche, Blattpflanzen
und Rasen spielen die erste Rolle. Es werden
nur wenige Blumen noch kultiviert, und den grössten
Teil des Jahres enthalten unsere kleinen Gärten
überhaupt keine blühenden Gewächse.

Dabei gestattet uns unser Klima, vom Februar
bis zum Dezember Blumen zu haben.

Wir brauchen für das neue Hamburg, das bei
dem bevorstehenden Ausbau der Verbindungen sich
entwickeln wird, ein praktisches Buch, das uns alle
leicht zu kultivierenden blühenden Pflanzen aufführt,
die bei uns im freien Lande gedeihen, namentlich
die perennierenden Stauden, Zwiebelgewächse und
blühenden Büsche.

Die Tage des englischen Gartens sind gezählt,
so bald bei uns eine wirkliche Blumenliebhaberei
wieder erwacht, wie sie das siebzehnte und acht-
zehnte Jahrhundert gekannt haben, und die bei

den jetzt üblichen Gartenanlagen keine Befriedigung finden kann. Wo soll man die Blumen unterbringen? Die Blume, heute das Stiefkind unseres Gartens, muss wieder wie in alten Zeiten seine Herrin werden.

Und wenn ein Blumenfreund mit dem Gedanken umgeht, sich draussen ein Haus zu bauen, so wird er vom Garten ausgehend das Haus gestalten, wie es in einen Blumengarten passt, und mit den architektonischen Motiven rechnen, die unsere alte, behagliche Bauweise ihm zur Verfügung stellt.

So kann die Liebe zur Blume uns schliesslich sogar zu einer liebenswürdigen, künstlerischen Weise des Hausbaues zurückführen, denn so bald der Hausherr von seinem Garten wieder Blumen verlangt, ist die klägliche Nachahmung der englischen Landschaft überwunden, und der kleine Garten am Hause kann wieder nach künstlerischen Grundsätzen mit geraden Wegen und Blumenbeeten angelegt werden; und wenn wir erst den künstlerischen Garten haben, muss in der Architektur wieder ein künstlerischer Geschmack zur Geltung kommen.

DER WINTERGARTEN

In Deutschland habe ich kaum andere als naturalistische Wintergärten gesehen: ein Stück Wildnis unter einer Glasglocke. Der schönste ist eine Anlage in Gestalt eines Hamburger Gartens mit Rasen aus Farnkraut, Blumenbeeten und einem gelben Kiesweg, der durch ein Palmendickicht auf die Marmortreppe zur Gemäldegalerie führt.

Der Wintergarten ist ein sehr kostspieliges Vergnügen, wenn man seinen Besitz zu den Freuden des Lebens überhaupt rechnen darf. Er pflegt wenig benutzt zu werden.

Vom künstlerischen Standpunkte sind die meisten ebenso ungeniessbar wie die kleinen naturalischen Stadtgärten im sogenannten englischen Stil. Die gewöhnlichen Treibhäuser pflegen unendlich schöner zu sein.

Eine der wichtigsten architektonischen Aufgaben für die nächste Zukunft bildet die künst-

lerische Ausgestaltung des kleinen Wintergartens.
Ich glaube, man wird gut thun, sich an die Motive anzulehnen, die die mannigfaltig abgewandelten
Formen der Treibhäuser an die Hand geben. Auf
diesem Wege wird man am ehesten die Formen
finden, die einen behaglichen, bewohnbaren Raum
gewährleisten.

In Hamburg streben die Fachkreise seit Jahren
nach der Anlage eines grossen Palmenhauses nach
Art der Flora in Berlin oder des Palmengartens in
Frankfurt.

Möge der Wunsch nicht in Erfüllung gehen,
so lange wir uns unter der Herrschaft der natura-
listischen Ideen befinden.

Auch hier wird die Zukunft dem künstlerischen
Gedanken gehören.

Das einfachste Motiv für die Anlage eines
grossartigen Wintergartens liegt nicht weit: es ist
der Kreuzgang unserer alten Klöster.

Eine weite, ebene Fläche, von einer ein- oder
zweistöckigen Säulenhalle eingefasst, auf der ein
hohes Glasdach ruht. Die Balkons im ersten Stock
mit Blumen geschmückt. Die Palmen regelmässig
verteilt auf den Beeten, die die geraden Wege
begrenzen: das wird einen behaglichen und jeder-
zeit brauchbaren Aufenthalt geben, der in seinem
architektonischen Teil des Kreuzgangs allein Tau-
senden Platz gewährt, und überall wäre Raum vorhanden, Skulpturen als höchsten Schmuck organisch
einzuordnen.

Denn man sollte auch einen solchen öffent-
lichen Wintergarten nicht bloss zum Besehen, sondern
für den Gebrauch und für die künstlerische Er-
bauung einrichten.

www.ingramcontent.com/pod-product-compliance
Lightning Source LLC
Chambersburg PA
CBHW030025030726
47499CB00008B/3126